SIRÈNE

LA * PETITE

Walt Disney

WALT DISNEY

LA•PETITE SIRÈNE

Adaptation de Michael Teitlebaum
Illustrations de Sue DiCicco
Traduction : Syntagme

LES PRESSES D'OR

Triton, le Roi de la Mer, a sept filles ravissantes. Ariel, la cadette, cause bien des soucis à son père. Malgré les mises en garde du roi Triton, Ariel explore souvent le monde inconnu qui s'étend au-delà de la surface de l'eau.

Ariel et son ami Polochon adorent aller rendre visite à la mouette Eurêka. Celle-ci leur explique pourquoi les humains fabriquent tous les objets qu'Ariel découvre dans des épaves au fond de la mer.

Un jour, au retour d'une de ses escapades, Ariel est accueillie par le roi Triton, très en colère. Il a tellement peur pour sa fille qu'il demande à son grand ami, le crabe Sébastien, de la surveiller.

Quelques jours plus tard, Ariel aperçoit un bateau à la surface de la mer. «Des humains!» dit-elle en nageant très vite vers le bateau. Sébastien et Polochon la suivent.

Une fois arrivée au navire, Ariel remarque un jeune et beau marin que ses camarades appellent Prince Éric. Elle a le coup de foudre!

Soudain, le ciel s'assombrit. Une pluie torrentielle commence à tomber, et des éclairs déchirent le ciel. Le navire du Prince Éric ne peut résister à la terrible tempête, et le Prince est projeté par-dessus bord.

«Je dois le sauver», songe Ariel. Elle réussit non sans peine à sauver le Prince de la noyade et à le ramener sur la plage. Ariel caresse doucement le visage du Prince en lui chantant une belle chanson d'amour. Mais le Prince reste immobile. Puis, elle lui donne un baiser et replonge dans la mer.

Le Prince Éric se réveille au milieu des autres marins. — Une fille superbe m'a sauvé la vie, dit le Prince encore étourdi, puis elle m'a chanté une chanson. Jamais je n'ai entendu une voix aussi mélodieuse. Je veux retrouver cette fille et l'épouser! Le Prince Éric est amoureux, lui aussi.

Le roi Triton est furieux d'apprendre que sa fille cadette est amoureuse d'un humain. Il se précipite à la grotte où la désobéissante Ariel cache ses précieux trésors.

La petite sirène essaie de s'expliquer. — Mais papa, je l'aime tant, dit-elle en pleurant. Je veux l'épouser.

— JAMAIS! hurle Triton. C'est un humain. Il mange du poisson!

Dans un geste de colère, le Roi de la Mer détruit tous les trésors d'Ariel. Puis, il quitte la grotte.

Ariel enfouit sa figure dans ses mains et commence à sangloter.

En même temps, non loin de là, les forces du mal agissent. Ursula, la vilaine sorcière de la Mer, régnait sur le royaume avant Triton. Elle cherche un moyen de reprendre le pouvoir. Dans sa boule de cristal, elle voit Ariel pleurer; cela lui donne une idée. «Je vais détruire le Roi de la Mer en me servant de sa fille», songe-t-elle en se réjouissant à l'avance.

Ursula envoie ses émissaires, Flotsam et Jetsam, deux anguilles électriques gluantes, à la grotte d'Ariel. Les anguilles convainquent la petite sirène qu'Ursula l'aidera à conquérir son Prince bien-aimé. Flotsam et Jetsam conduisent Ariel jusqu'à l'antre de la sorcière.

— J'ai une proposition à te faire, ma belle, dit Ursula à Ariel, en la voyant arriver.

— Une proposition? demande Ariel d'un ton innocent.

— Oui, répond la sorcière. Je vais te transformer en humain pendant trois jours. Si tu réussis à te faire embrasser par le Prince avant le coucher du soleil le troisième jour, tu pourras être sa princesse pour toujours. Mais s'il ne t'embrasse pas, tu redeviendras une sirène... et tu m'appartiendras.

— En échange, tu devras me donner ta voix, poursuit la sorcière.

— Ma voix? s'écrie Ariel, stupéfaite. Mais je ne pourrai plus parler, ni chanter. Comment ferai-je pour que le Prince tombe amoureux de moi?

— Tu auras toujours ton beau visage, répond Ursula. Ça devrait être facile.

Ariel accepte la proposition d'Ursula, et la sorcière de la Mer lui jette un sort. Tout à coup, surprise : la queue d'Ariel se transforme en jambes, et la sirène devient un humain. En même temps, sa voix la quitte pour aller s'engouffrer dans un coquillage.

Ariel part rejoindre le Prince; ses fidèles gardes du corps, Sébastien, Eurêka et Polochon, l'accompagnent jusqu'au rivage. Ariel essaie de leur parler, mais pas un son ne sort de sa bouche.

Ariel retrouve bientôt le Prince Éric. Celui-ci l'aime éperdument depuis qu'il a été charmé par sa voix. En la voyant, le Prince est sûr de reconnaître la jeune fille qui lui a sauvé la vie. Mais lorsqu'il s'aperçoit qu'elle est muette, il croit s'être trompé.

Le Prince Éric a de la peine pour Ariel, qui semble seule et perdue. Il l'emmène avec lui dans son palais.

Pendant les deux jours suivants, le Prince Éric succombe de plus en plus aux charmes d'Ariel. Durant une promenade en bateau, ils sont sur le point de s'embrasser, quand tout à coup, Flotsam et Jetsam font chavirer l'embarcation.

Le matin du troisième jour, le royaume est en liesse. Le Prince Éric doit épouser une jeune demoiselle qu'il connaît à peine! Pauvre Ariel! Éric a été ensorcelé. Ursula a usé de sa sorcellerie pour se transformer en ravissante jeune fille. Elle porte autour du cou le coquillage qui contient la voix d'Ariel. Éric, qui a reconnu sa voix, croit que c'est elle qui l'a sauvé de la noyade. La pauvre Ariel a le coeur brisé.

Le mariage doit avoir lieu à bord d'un magnifique bateau. La mouette Eurêka survole le navire au moment où la fiancée du Prince passe devant une glace. Eurêka s'aperçoit que la glace réfléchit le visage de la sorcière de la Mer! Elle file à toute allure alerter Ariel et ses fidèles compagnons.

Sans perdre un instant, Sébastien dresse un plan. Polochon doit aider Ariel à rejoindre le navire d'Éric, et Eurêka doit demander à quelques-uns de ses amis de retarder la cérémonie.

— Je vais informer Triton, dit Sébastien.

Le Prince Éric et sa fiancée sont au pied de l'autel. Soudain, une escadrille de mouettes fonce droit sur eux. Eurêka arrache le coquillage magique du cou de la sorcière de la Mer. Le coquillage se brise en mille miettes, et Ariel, qui vient tout juste de monter à bord, retrouve sa voix.

— Oh, Éric, je t'aime! dit Ariel.

— Alors, c'était bien toi! dit le Prince, ravi, en s'approchant d'elle pour lui donner un baiser. Mais au même instant, le soleil disparaît à l'horizon. Le troisième jour prend fin, et Ariel redevient une sirène. La sorcière de la Mer a triomphé malgré tout. Ursula saisit la main d'Ariel et plonge par-dessus bord.

Averti par Sébastien, Triton attend la sorcière dans son antre.

— Je vais te rendre ta fille, gronde Ursula, à condition que tu prennes sa place. Triton accepte et devient le prisonnier d'Ursula. Celle-ci s'empare de son trident magique et peut enfin régner sur le royaume.

Soudain, un harpon vient piquer Ursula à l'épaule. C'est le Prince Éric qui est venu sauver Ariel! La petite sirène remonte à la surface avec lui. Mais Ursula les suit de près. Elle émerge de l'eau, immense et terriblement furieuse.

Le Prince Éric nage jusqu'à son navire et grimpe à bord. Il saisit le gouvernail et dirige la proue du bateau vers Ursula. La sorcière de la Mer s'apprête à porter un coup fatal à Ariel, mais le bateau du Prince fonce droit sur elle et la détruit.

Maintenant qu'Ursula est morte, Triton est libre. Il émerge de la mer après avoir récupéré son trident. Il voit qu'Ariel regarde tendrement le prince Éric, étendu, inconscient, sur la plage.

— Elle l'aime vraiment, n'est-ce pas? demande le Roi de la Mer.

Sébastien, tout près de lui, hoche la tête.

— Elle me manquera, dit Triton. Puis il lève son trident vers le ciel et lance un éclair magique sur la queue d'Ariel.

D'un seul coup, la petite sirène voit sa queue disparaître, et elle redevient un humain. Lorsque le Prince Éric se réveille sur la plage, sa chère Ariel est à ses côtés. Il l'embrasse et lui demande tout de suite de l'épouser. Après la cérémonie, les amoureux montent à bord de leur bateau et disent au revoir à leurs amis.

LES PRESSES D'OR

COLLECTION : « HISTOIRES ENCHANTÉES »

Ouvrages déjà parus: